Baptiste Sammarcelli

petit roman

Du même auteur, dans la même collection :

LE PLUS GRAND ROI DU MONDE

Marc Cantin
Illustrations de Thierry Nouveau

Un poney au balcon

RAGEOT

ISBN : 978-2-7002-3737-5
ISSN : 1965-8370

Loi n° 49-956 du 16-07-1949 sur les publications destinées à la jeunesse.

Allumez les bougies

Dimanche

Pour moi, la date la plus importante de l'année, ce n'est pas Noël, ce n'est pas le nouvel an, ce n'est pas le premier jour des grandes vacances. Non. C'est mon anniversaire. Si je devais garder un seul jour sur le calendrier, ce serait celui-là.

Mais je ne sais pas si mes parents seraient d'accord…

Il ne reste que quelques minutes avant le début de mon super-méga-goûter d'anniversaire. Mes deux invités d'honneur ne devraient plus tarder.

Je m'installe à la fenêtre. C'est le meilleur poste d'observation.

J'ai même le droit de me pencher car on habite au rez-de-chaussée.

– Que vont-ils encore inventer cette année ? marmonne maman dans mon dos en démoulant le gâteau.

Papa, lui, apporte les bougies et tente de la rassurer :

– Re-restons calmes, bafouille-t-il, et tou-tout ira bien.

Un bruit de ferraille qui s'entrechoque me fait dresser l'oreille. Une odeur d'huile brûlée arrive jusqu'à mes narines.

– C'est la fourgonnette de papi et mamie ! je crie.

Mes parents me rejoignent à la fenêtre. Maman me serre contre elle. Papa s'éponge le front avec son mouchoir.

– L'année dernière, c'était un poussin, se souvient-il.

– Maintenant, le poussin est un coq et les voisins commencent à se plaindre, précise maman.

– Cocoricoooo ! chante Coco dans le petit enclos que papa lui a fabriqué sur le balcon.

– L'année d'avant, c'était un lapin, rumine mon père.

– D'ailleurs, il vient encore de s'échapper, soupire maman.

Ce n'est peut-être pas le moment de leur annoncer que Bugs, mon lapin adoré, a entrepris de creuser un terrier dans le bac à plantes du salon. Ils s'en apercevront bien assez tôt !

La fourgonnette de papi et mamie s'arrête sur le parking, juste en face de chez nous. Le moteur tousse deux fois avant de lâcher un impressionnant nuage gris.

Papi et mamie descendent en agitant la main pour chasser la fumée et lancent d'une voix joyeuse :

– Bon anniversaire, Aurélien !

– Vous n'avez pas oublié mon cadeau ? je leur crie, prêt à sauter par-dessus le bord de la fenêtre.

Un cadeau encombrant

Papi et mamie me font signe d'être patient. Puis ils ouvrent enfin la porte arrière de leur fourgonnette. On entend comme un... un hennissement !

Dans la seconde qui suit, un poney avec un gros ruban rouge attaché au cou apparaît.

– Mon Dieu, glapit maman.

– Pas ÇA ! rugit papa.

– Allez, hue ! commande papi en tirant le poney par sa bride.

– On arrive, assure mamie en courant ouvrir la porte du hall de l'immeuble.

C'est le moment précis que choisissent madame Guglon, notre voisine de palier, et son chien Pupuce pour sortir se promener.

Aujourd'hui, Pupuce est vêtu d'un ravissant gilet de laine rouge.

Madame Guglon remercie mamie, pensant qu'elle lui tient la porte.

Mais quand elle se retrouve nez à nez avec le poney, elle pousse un cri terrible :

– AAAAAAH ! Qu'est-ce que c'est que ce monstre ?

– C'est un poney, ma p'tite dame. Et un beau encore, précise papi.

Madame Guglon hurle une nouvelle fois, serre Pupuce dans ses bras et s'enfuit en courant.

– Elle n'a jamais vu de poney, la petite dame ? ricane papi en lissant sa moustache.

Des sabots dans le salon

– Cet animal n'entrera jamais ici ! prévient papa en barrant la porte de notre appartement.

– Mais les animaux, c'est bon pour les enfants, explique mamie comme tous les ans.

– Nous habitons dans un petit appartement, pas dans une ferme, enrage papa.

– C'est bien ce que je te reproche, répond papi.

– Et alors ? Tu vas nous laisser dehors ? s'offusque mamie. Tu as honte de nous ?

– Bien sûr que non... Mais c'est à cause du cheval, tente de se justifier mon père.

– D'abord, c'est un poney, précise papi. Depuis que tu vis en ville, tu n'y connais plus rien.

Et il donne une bonne tape sur les fesses du poney qui avance aussitôt droit devant lui. Sa tête rencontre le ventre de papa qui lâche un « Aourf ! », avant de se retrouver par terre au milieu du couloir.

Moi, je saute au cou de papi et mamie pour les embrasser.

– C'est le plus beau cadeau d'anniversaire qu'on m'ait jamais fait !

Papi me soulève dans ses bras et m'assoit sur le dos du poney.

– Il s'appelle Popeye, me dit-il. Pour le faire avancer, tu cries hue !

Alors je crie hue ! HUE ! Papa, qui s'est relevé, se plaque contre le mur du couloir pour me laisser passer. Maman répète :

– Mon-Dieu-mais-comment-c'est-possible-mon-Dieu-mais-comment…

Et moi, sur le dos de Popeye, je me promène dans le salon.

C'est le plus beau jour de ma vie.

La star du square

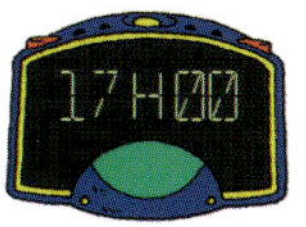

J'ai soufflé toutes mes bougies du premier coup et j'ai repris trois fois de la limonade avec du sirop de menthe.

C'est vraiment la plus belle fête d'anniversaire du monde. Et ce n'est pas Popeye qui dira le contraire.

Il appuie son museau sur la table et nettoie le plat du gâteau d'un coup de langue. Papi et mamie l'applaudissent.

– Il est encore plus gourmand que moi, je dis à mes parents effondrés dans le canapé.

– Tu n'as même pas ouvert notre cadeau, remarque maman dans un soupir.

Je m'empresse de déchirer le papier de l'énorme paquet cadeau.

– Super ! Un V.T.T. !

– Si tu veux, on peut l'essayer tout de suite, propose papa en se redressant.

– Heu… Avant, j'aimerais mieux faire un tour avec Popeye dans le square.

– Excellente idée, s'écrie papi en essuyant ses moustaches. On allait justement partir. On t'accompagne.

Mes grands-parents embrassent maman et papa. Ils leur promettent que, dans un jour ou deux, ils ne pourront plus se passer de Popeye.

Puis ils m'aident à sortir de notre immeuble avant de remonter dans leur fourgonnette. Elle démarre avec un bruit de pétards digne des meilleurs feux d'artifice.

Papi et mamie s'éloignent en agitant le bras par la vitre.

Des grands-parents comme eux, j'en souhaite à tout le monde.

– Allez, hue, Popeye !

Je traverse au trot la grande pelouse qui mène au square sur le dos de mon poney.

Les copains ouvrent des yeux plus gros que leur tête.

– On peut le caresser ?

– Ouah ! Aurélien, tu as de la chance !

Ouais, j'ai de la chance.

Et ce sera comme ça tous les anniversaires de ma vie ! Et dans quelques années, j'aurai une ferme entière pour moi tout seul !

Un poney à l'école !

Lundi

– Cocoricoooooooooo !

Cocoricooooooooo ! chante Coco.

J'ouvre un œil. Pour me réveiller, je n'ai pas besoin de réveil.

– Hiiiii-iiii-iiii ! hennit Popeye sur le balcon.

J'ouvre l'autre œil. Je pense à mon poney et ça me donne du courage pour la journée.

Mais c'est Bugs qui saute dans mon lit pour me dire bonjour. Il en profite pour se faufiler sous mes couvertures et me chatouiller les pieds.

– Ce n'est plus un appartement, c'est une basse-cour, se lamente ma mère en entrant dans ma chambre pour ouvrir mes rideaux.

Mon père, qui sort de la salle de bain, fait celui qui n'a rien entendu. Maman ajoute que papi et mamie sont atroces. Papa dit qu'ils sont gentils, quand même. Maman dit

que ce n'est pas la question.

J'attrape Bugs au fond de mon lit et je lui conseille de ne pas se faire remarquer aujourd'hui.

Je déjeune en quatrième vitesse. Puis je me lave sans trop frotter pour aller plus vite. Sur le balcon, Coco continue de chanter.

J'attrape mon cartable, je donne quelques tartines à Popeye et je grimpe sur son dos.

– À tout à l'heure !

– Tu vas à l'école à cheval ? s'étrangle maman.

– Laisse-le, intervient papa. Après tout, c'est SON cheval. Il doit s'en occuper, maintenant.

– D'abord, c'est un poney, je dis. Et bien sûr que je vais m'en occuper.

Papa me regarde avec un sourire en coin qui ne me plaît pas. Il m'ouvre la porte et me lance :

– Travaille bien... et bonne chance !

En dix minutes à peine, je suis devant le portail de l'école. Inutile de préciser que je ne passe pas inaperçu.

– On vous avait bien dit qu'Aurélien avait un poney, s'écrient ceux qui m'ont vu la veille.

Ils sont tous autour de moi. Ils disent que Popeye est doux comme une peluche. Certains déballent leur goûter pour lui en donner un morceau.

Popeye est content. Il lèche les mains, il renifle les poches et les cartables.

Driiiiiiiiiiiiing !
La cloche sonne. Il est temps de rentrer en classe.

Je conduis Popeye au garage à vélos. Je l'attache par sa bride, je le caresse et je lui fais un gros bisou.

Avec hier, c'est la deuxième meilleure journée de ma vie !

Je me dépêche de rejoindre ma classe pour me mettre en rang.

– Tu me laisseras monter sur ton poney ? me demande David.

– Et moi, s'il te plaît, supplie Tina.

– Allez, moi en prem', reprend David.

Heureusement, monsieur Belliard apparaît. Normalement, c'est l'instituteur le plus gentil du monde. Mais là, il a la tête des matins « pas commodes ».

D'un geste de la main, il nous fait signe d'entrer dans la classe.

Nous avançons en silence.

Une surprise de taille

Monsieur Belliard est assis à son bureau. Il nous jette un regard froid. Un regard d'ours polaire.

– J'ai corrigé vos contrôles, lâche-t-il d'une voix tout droit sortie d'un congélateur. Vos résultats sont très au-dessous de ce que j'attendais.

J'ai l'impression d'être assis au rayon des surgelés.

TOC !... TOC-TOC !

– Qui fait ce bruit ? demande notre instituteur.

TOC !... TOC-TOC !

David se lève tout d'un coup. Il pointe le doigt vers la fenêtre :

– C'est Popeye, le poney d'Aurélien !

C'est vrai ! Popeye est bien là ! Il cogne son gros museau contre le carreau. Il ne reste plus qu'un morceau de corde rongé autour de son cou.

– UN PONEY ! s'étrangle monsieur Belliard. UN PONEY DANS L'ÉCOLE !

Toute la classe se lève et crie :

– C'est le poney d'Aurélien ! C'est le poney d'Aurélien !

Monsieur Belliard se précipite vers la porte. Il l'ouvre, passe la tête à l'extérieur, la rentre à l'intérieur et demande :

– Aurélien ! Ce poney est à toi ?

J'aimerais pouvoir répondre « non ». Mais Popeye est à moi. Alors, je réponds « oui ».

Hélas, monsieur Belliard n'a pas le temps d'apprécier ma franchise. Popeye apparaît dans l'encadrement de la porte. Juste derrière notre instituteur.

Et ping, il lui envoie un coup de tête dans les fesses !

Monsieur Belliard est projeté en avant et termine sa course à plat ventre sur son bureau. Tous nos contrôles couverts de rouge s'envolent et atterrissent sur le sol. Le plus dur, c'est de se retenir de rire.

Popeye s'avance tranquillement au milieu de la classe. Ses sabots résonnent sur le parquet comme des coups de marteau.

Il hennit doucement en allongeant le museau dans ma direction.

Puis il baisse la tête et renifle nos copies étalées par terre. Sans se gêner, il attrape quelques feuilles entre ses dents et commence à les mâcher.

Là, je m'attends au pire. Mais bizarrement, monsieur Belliard sourit. Il descend de son bureau et s'approche doucement de Popeye.

Mon poney relève aussitôt le museau. Des copies débordent de chaque côté de sa bouche. Notre instituteur tend la main vers lui et demande :

– Popeye ? C'est comme ça que tu t'appelles ? C'est un joli nom. Allez, viens, Popeye.

Il lui caresse la crinière, gratte le dessus de sa tête et déclare :

– Je crois que nous allons devoir oublier vos contrôles. À la place, je vous propose un exposé. Et notre sujet sera Popeye !

– Hiiiiiii hennit joyeusement mon poney.

Je vous l'avais dit que monsieur Belliard était l'instituteur le plus gentil du monde !

Tous au travail !

Notre instituteur a inscrit une série de questions au tableau. Nous nous précipitons dans la bibliothèque de classe.

– J'ai trouvé ! s'écrie David en brandissant un livre au-dessus de sa tête. Un poney mesure entre quatre-vingts centimètres et un mètre quarante-sept au garrot.

– C'est quoi au garrot ? demande Anne-Sophie.

– C'est un morceau de tissu qu'on serre autour de ton bras ou de ta jambe quand tu es blessé pour t'empêcher de saigner. Je le sais, mon père est pompier, explique Jérôme.

– Quel rapport avec le poney d'Aurélien ? s'étonne Rebecca.

– C'est pas ce garrot-là, intervient Tina en refermant l'encyclopédie.

Elle nous explique qu'il faut mesurer Popeye des sabots avant au sommet de son dos. C'est ça la hauteur au garrot.

– Un mètre et neuf centimètres, annonce Guillaume en raccrochant la grande règle de monsieur Belliard.

– Et quelle est la couleur de sa robe? demande Tina.

– Pourquoi tu veux mettre une robe à mon poney? je fais. Tu es complètement folle!

Tina lève les yeux au plafond. Puis elle me montre des photos dans l'encyclopédie. Popeye est un poney alezan car sa robe est brun-rouge. Sa crinière et sa queue sont plus claires que le reste de son corps. C'est assez rare.

Maintenant que je sais ça, je le trouve encore plus beau !

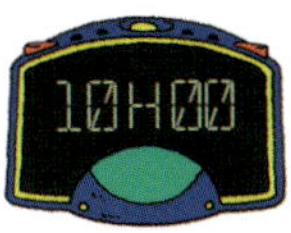

Notre exposé avance au trot, au galop même. Nous avons trouvé toutes les réponses. À présent, les poneys n'ont plus de secrets pour nous.

– C'est très bien, nous félicite notre instituteur. Pour terminer, j'aimerais savoir si Popeye est un animal de compagnie.

– Bien sûr ! je réponds sans hésiter.

– Un animal de compagnie, c'est plutôt un chat ou un chien, proteste Anne-Sophie.

– Ou un poisson rouge, ajoute David qui a un poisson rouge.

– Un poney ne peut pas vivre dans une maison. Il a besoin d'un champ pour courir, affirme Tina.

D'ailleurs, Popeye commence à s'agiter. Monsieur Belliard lui ouvre la porte. Mon poney traverse la cour au galop. Il tourne autour du terrain de basket en hennissant.

– Un poney comme Popeye est un animal domestique, tranche monsieur Belliard en me regardant. Mais ce n'est pas un animal de compagnie.

Pourtant, Popeye est un bon compagnon.

J'explique que mon balcon est grand et lui sert d'écurie. Et puis, il y a le square. C'est un peu comme un champ, non ?

Au secours, papi !

Pendant la récré, tous ceux de ma classe ont fait un tour sur le dos de Popeye. Les autres élèves n'en revenaient pas !

Ensuite, monsieur Belliard a trouvé une nouvelle corde et j'ai à nouveau attaché mon poney derrière l'école.

– Tu dois rester là jusqu'à l'heure du déjeuner. D'accord ?

– Hi-hi-hiiii, promet Popeye.

Je crois qu'il a compris.

Sitôt la classe terminée, je cours retrouver Popeye. Il a encore rongé sa corde et s'apprête à dévorer un parterre de fleurs. C'était moins une.

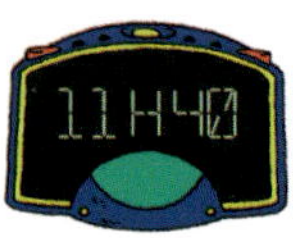

J'arrive devant mon immeuble à dos de poney.

Madame Guglon et son chien s'écartent de mon chemin en prenant un air scandalisé. Aujourd'hui, Pupuce est habillé avec un gilet de laine jaune. Il montre les dents et grogne méchamment. Mais il disparaît dans les bras de sa maîtresse au premier hennissement de Popeye.

En soupirant, j'entre dans l'appartement. Je traverse le salon en traînant les pieds. J'ouvre la porte-fenêtre et je pousse Popeye sur le balcon.

– Que se passe-t-il ? s'inquiète aussitôt maman. Tu es malade ? Tu as mal quelque part ? Tu t'es bagarré ?

– Je voudrais téléphoner à papi et mamie.

– … D'accord, si tu veux, me répond maman en commençant à comprendre pourquoi je suis triste.

Elle me tend le combiné. La sonnerie retentit trois fois. C'est papi qui décroche.

– Papi… C'est à cause de Popeye… Il faudrait que tu viennes le chercher.

Je raconte tout à mon papi.

Je lui explique que ce n'est pas facile d'avoir un poney en ville. Un lapin et un coq non plus, d'ailleurs. Le mieux, ce serait qu'il les reprenne à la ferme. Et que je vienne les voir de temps en temps. Ce serait beaucoup plus simple et ça m'éviterait pas mal d'ennuis.

– Je comprends, dit papi. C'est d'accord, mon grand.

Je raccroche et maman me serre dans ses bras pour me consoler.

Coco le coq chante. Maintenant, il chante même dans la journée.

– Tu n'as pas essayé ton V.T.T., me souffle doucement maman.

Mon V.T.T. ? Mince, je l'avais oublié !

Je monte dessus. Il est juste à ma taille. Quand papa rentre, je fonce vers lui avant qu'il ait eu le temps de retirer sa veste.

– Papa, c'est un super cadeau !

Je freine à deux centimètres de ses pieds.

Mon père jette un œil en direction du balcon. Puis il regarde maman et son visage rieur. Elle lui explique ce qui vient de se passer.

– Hé bien, se réjouit papa, tout semble s'arranger.

Et moi, je n'ai plus du tout envie de pleurer.

Papi va bientôt arriver avec sa vieille fourgonnette.

Il emportera Popeye qui dévore les derniers géraniums de notre balcon en regardant passer les enfants sur le parking.

Il emportera Coco qui chante de jour comme de nuit.

Il emportera Bugs qui creuse ses terriers n'importe où.

Et le mercredi, ou le samedi, ou le dimanche, ou peut-être les trois, j'irai chez papi et mamie à vélo, jouer avec tous mes animaux.

C'est ce que j'explique à papa en slalomant avec mon V.T.T. dans le salon... et puis, c'était quand même un chouette d'anniversaire, non ?

L'auteur

Marc Cantin a passé son enfance dans une HLM où chaque appartement disposait d'un balcon. Il partageait le sien avec son petit chien et les goélands qui venaient se poser sur la rambarde.

Marc allait en vacances à la campagne chez ses grands-parents, qui avaient un immense jardin. Il en revenait avec tant de provisions que le balcon se transformait en potager... il ne manquait que des poules, un lapin et un poney !

À présent écrivain, rien n'empêche Marc d'imaginer ce balcon de rêve et de le partager avec ses lecteurs !

petit roman

- UNE AMITIÉ DIFFICILE, Jean-Côme Noguès
- UN AMOUR DE PERROQUET, Stéphane Daniel
- L'ARBRE À CHATOUILLES, Roland Fuentès
- BABALÉNO ET KASHALO, Yves-Marie Clément
- LA BABY-SITTER, MON FRÈRE ET MOI, Sylvaine Jaoui
- LA BATAILLE DES CABANES, Frédéric Kessler
- LE BRIQUET, Hans Christian Andersen
- CADEAU SURPRISE POUR MAMAN, Sylvaine Jaoui
- LE CHEVALIER TÊTENLÈRE, Stéphane Daniel
- LE CLUB DES PETITES SŒURS, Sylvaine Jaoui
- MON COPAIN DRAGON, Éphémère
- LE COURAGEUX PETIT TAILLEUR, Les Frères Grimm
- LE FIL DE NUAGE, Cécile Geiger
- FILLE DE PIRATE, Christophe Miraucourt
- LA FILLE DU CHEVALIER TÊTENLÈRE, Stéphane Daniel
- LE FILS DU CHEVALIER TÊTENLÈRE, Stéphane Daniel
- LE GRAND CONCOURS DES SORCIÈRES, Annelise Heurtier

- **JACK ET LE HARICOT MAGIQUE**, Joseph Jacobs
- **MA JOURNÉE À LA FERME**, Philippe Barbeau
- **MA JOURNÉE AU CHÂTEAU FORT**, Philippe Barbeau
- **KOUMBA-LA-DOUCE ET KOUMBA-LA-MÉCHANTE**, Albēna Ivanovitch-Lair, Annie Caldirac
- **LE MANGEUR D'OGRES**, Claire Gratias
- **PAPA EST UN SUPER HÉROS**, Muriel Zürcher
- **UNE PIRATE DANS L'ÎLE**, Christophe Miraucourt
- **LES PLUMES DU PAON ET DU CORBEAU**, Albēna Ivanovitch-Lair, Annie Caldirac
- **MA PLUS GRANDE AMIE**, Pippa Goodhart
- **LE PLUS GRAND ROI DU MONDE**, Marc Cantin
- **PLUS PETIT QUE SOI**, Roselyne Bertin
- **UN PONEY AU BALCON**, Marc Cantin
- **UNE RENTRÉE PAS COMME LES AUTRES**, Nathalie Charles
- **LE SCARABÉE MAGIQUE**, Michel Girin
- **LE SECRET DU LUTIN**, Annie Caldirac, Albēna Ivanovitch-Lair
- **LE TONNEAU VOLANT**, Roland Fuentès
- **LE TRÉSOR DE LA PIRATE**, Christophe Miraucourt
- **LE VOLEUR DE CHOUCHOUS**, Pierre Bottero

Achevé d'imprimer en France en août 2010
par l'imprimerie Clerc.
Dépôt légal : septembre 2010
N° d'édition : 5208 – 01